KB176306

엘리트 시선집 12

하얀수국

민병재 시집

엘리트 출판사

국립중앙도서관 출판예정도서목록(CIP)

하얀 수국 / 지은이: 민병재. — 서울: 엘리트출판사,　 2016
　　p. :　 cm

ISBN 979-11-87573-01-2 03810 : ₩10000

한국 현대시[韓國現代詩]

811.7-KDC6
895.715-DDC23　　　　　　　　　　CIP2016020257

하얀수국

민병재 시집

엘리트 출판사

첫 시집을 내면서

하늘 높은 줄 모르고, 바다길 넓은 줄 모르고, 시를 써 온 지 얼마 안 되는데, 시집을 내려고 하니 어쩐지 두렵다. 그러나 불현듯 마음먹은 길이니 일을 이루기로 했다. 그래도 멈출 수 없는 심정이 솔직한 고백이다.

이른 아침, 작은 정원의 저 아름다운 꽃들을 보고, 상큼한 마음을 담아 시집을 내게 되니, 모자람이 보여 얼굴을 두 손으로 가리고 싶다. 누가 등 떠민 것도 아닌데, 호들갑을 떨며 넋두리를 시(詩)로 쓰지 않고는 견딜 수가 없었다. 나에겐 시를 쓰는 그 순간순간이 마음의 '힐링'이다.

주위에서 "시인은 시집을 내야지." 하는 말에 용기를 냈다. 나의 시『하얀 수국』을 표지 제목으로 정했다. 여주에 성묘를 가보니, 선산에 7대조 조상님 아래로 60여기가 모셔져 있는 곳에 종친회장님이 손수 심은 하얀 수국 두 그루가 꽃을 피웠다.

음택(陰宅)아래 비탈에 하얗게 핀 꽃을 보고 "얼마나 슬퍼 저토

록 하얀 꽃을 피웠을까?" 라고 생각해서 지은 시가 '하얀 수국'
이다.

이 시는 마침내 종친회 뜻에 따라 내 시비가 세워지게 되었는
데, 한편 송구스러우면서 감사하기도 하다. 이것을 계기로 나는
더욱 열심히 시를 쓸 것을 다짐해 본다. 그리고 이 시집을 발간
하는데 물심양면으로 뒤에서 적극 후원해 준 남편에게 고마움을
전하고 싶다.

끝으로 이 시집 해설을 써 주신 이성교 교수님과 축사를 써 주
신 시인 이현재 회장님과 장정문 박사님께 감사의 말씀을 올린
다. 아울러 '민병재 시집'을 출간하는데 수고해 주신 청계문학
장현경 회장님과 마영임 편집장님께도 감사드린다.

2016년 초여름 '낙암서재'에서
혜허 민 병 재

민병재 시집 발간을 축하하며

시인 이 현 재

나와 민 선생(약칭 민비)과의 만남은 오래전 우연한 기회에 원로 시인 '인소리' 씨에 의해서 만나게 되었다. 그 후 우리 문학회 (한국생활문학회)에 영입하여 작품 활동을 같이하게 되었다. 모든 일에 열정적이고 책임감이 강하며 문학에 대한 조회가 깊었다. 내가 한국생활문학회에서 회장 일을 보고 있을 때, 부회장 겸 재무국장의 소임을 보게 하였다.

그 당시에는 우리문학회가 재정적으로 몹시 어려움을 겪고 있었다. 그런데 민비가 재정을 맡고부터 회원관리에 애정을 갖고, 회원 개개인에게 전화를 걸어 안부를 전하고, 미납된 회비도 독려해서 많은 회원을 확보하고 재정적으로도 안정을 찾게 되었다.

　그동안 민비가 발간한 고귀한 수필집은 1집 '건청궁의 가을'과 2집 '그 겨울이 그립다'의 두 편이 있고, 시댁 선산인 경기도 여주에는 그 문중에서 건립해준 시비가 있다고 들었다. 이제 새로 시집을 발간한다고 하니, 우선 그 놀라운 열정과 창작활동에 대하여 축하를 드린다. 작품의 수준도 일취월장하여 한국문인협회에서 발행하는 '월간문학'에도 게재(시: '하얀 수국'), 수준급의 글을 쓰는 대단한 면모를 보여 주었다.

　또 '성북 문예창작회'에서 회장직을 맡고, 청계문학회에서도 수석 부회장직을 맡아 바쁘게 활동하고 있다.

　민비의 앞날에 무한한 영광과 행복이 가득하시길 빌면서...

〈 2016년 7월 중순, 제주에서 〉

『하얀 수국(水菊)』 출판을 축하하며

(철학박사, 시인 소설가) 향강 張 貞 文

혜허 민병재님이 시집『하얀 수국』을 출판한다. 나도 함께 기뻐하며 축하드린다. 한국문단에서 이미 명작의 시작품들과 수필집『건청궁의 가을』과『그 겨울이 그립다』를 세상에 내놓아 호평과 환영을 받았던 여류문인이 이렇게 또 아름답고 귀한 시집을 출판하게 되니, 본인은 물론이고 우리 한국의 문인들과 사회도 그 기쁨을 나누며 읽어야 할 것이다.

개인적으로 내가 민병재 시인을 처음 만나기는 약 5년 전인데, 계간 '생활문학회'의 모임에서 이다. 당시 민 시인은 생활문학회의 부화장 겸 재무국장으로 많은 활동을 하고 있었고, 동 문학회 고문이 된 나에게도 친절한 협력을 아끼지 않았다. 그 후 민 시인이 현재 청계문학회에서 여전히 적극적인 노력과 봉사로 청계문학회 수석 부회장이 되어 장현경 회장님을 돕고 있으니, 민 시인의 활동은 참말 대단하다. 나 역시 지금 청계문학의 고문으로 민시인의 많은 협력을 고마워한다.

그럼 민병재 시인의 시(詩) 세계는 어떠한가? 간단히 줄여서 말해본다. 민 시인의 시제(詩才)는 천부적인 축복이다. 그녀가 떠올리는 시상과 이미지, 시어들은 특이하게 아름답다. 직유(直

喻), 은유(隱喩)의 기교적 표현들과 그 내면의 의미들이 적절히 잘 어울려 멋지게 민감(敏感), 미려(美麗)하고 심원하다. 예를 들면 시, '성곽을 걸으며'의 결말 시구(詩句)들, …어느덧 산 그림자 길게 내려와 어두움이 고양이처럼 기어서 올라온다… 시, '삼군부 총무당'의 마지막 연(聯), …노을빛 곱게 내려앉은 지붕위엔, 한줄기 빗방울, 침묵이 고요를 맴돈다… 시, '황혼길'에서는 …초로(草露)같은 인생사 누추한 몸 이끌고, 헐렁한 삶 덧없이 흘러가네… 라고 표현한다. 인생 황혼을 시어로 미화한다고 본다. 동서고금을 막론하고 시인들은 각각 살아온 역사와 세계, 인생관을 그 자신의 사색과 삶으로 반추하며 표현하는 예술인이기에 퍽이나 개성적이다. 이런 측면에서도 민 시인은 타인의 추종을 불허할 만큼 탁월하다.

민병재 시인, 수필가의 인생은 문학에서만이 아니라, 그 가정 배경과 현실의 삶에서도 각별한데가 있다. 그녀는 민씨라는 가문전통의 가르침 때문인지 한산이씨(韓山李氏) 시가(媤家)의 생활에서도 현모양처라는 모범적 가정윤리를 지켜가는 여성이다. 2015년 5월 30일에 필자는 경기도 여주, 민시인의 시댁 선조묘역 한 둔덕에 세워진 민병재님의 시비제막식에 참가했는데, 그 시는 참말 효성 지극한 좋은 시였다.

민병재 시인의 과거와 오늘의 문예활동, 그 실천의 삶은 많은 사람들에게 귀감이 되고 있다. 나 역시 민병재 시인 만나게 된 인연을 뜻있게 생각하며, 고마워한다. 하늘의 섭리가 아니겠는가? 민병재 시인의 내일과 미래도 계속 아름답고 성공적이기를 진심으로 축원한다.

〈 2016년 7월 중순, 용인 수지에서 〉

하얀 수국(水菊)

누구의 주검을 슬퍼하기에
하얀 소복(素服) 입었을까
한 여름 구름이 나직하고
머리꼭지가 하얗다

그리움 한 스푼 넣고
휘휘 저어
차창 밖에 비추이는 너

하얀 드레스 걸치고
해마다 그 자리에
꽃 피웠지

거둔 주인 없는데
산허리 휘감아
돌 틈에 핀 하얀 수국(水菊)

아무도 찾는 이 없는
산야(山野)에 외롭게 핀
곱디고운 산색시여.

시비(詩碑) 세운 날

살구꽃 피는 날 2

3 고향이 그리워

'뱅센느 숲'의 가을

5 낙조설(落照設)

1

시비(詩碑) 세운 날

나의 시비는
해맑은 아침 햇살
뽀얀 얼굴 내밀고
웃고 있었다.

영덕원(永德園)

조상님 묘 옆, 복지관 신축하여
낙성을 아뢰오니
여주 마을 영덕원(永德園) 서광이 비치는구나

숭고한 정신으로 윗대를 받들고
아름다운 글을 써 후손에게 전하리라

여주 산 낮은 봉우리, 조상의 묘 감싸 안고
남한강 푸른 물은 맑게 흐르는데

훌륭한 일가친척 앞 다투어 축하하니
대대손손 우리문중
영덕원(永德園) 복지관 길이길이 빛나리.

의롭게 가신 임 앞에
– 목은(牧隱) 선생을 기리며

강물이 애달픔 속에
출렁거렸다

어이타
여강(麗江) 푸른 물
한(恨)으로 서렸나

하늘도 잠시
쉬었다 가는가

검푸른 물 굽이굽이
울며 흐르네

모질도록 짓밟힌 삶
피맺힌 멍

처절한 죽음 앞에
두 임금 못 모시고

의롭게 가신
임이시여

외로움에 적신 몸
한기(寒氣) 무엇으로 녹였을까

아! 그 서러움
그 아픔

속 깊이 찢긴 마음
무엇으로 달랠까.

시비(詩碑) 세운 날

그날은 맑음이었다
내 마음이

축복 속에 소리 없이
촉촉이 내리는 이슬비

이 세상
모두를 가진 듯

천년송 송진 냄새
돌 틈에 삐죽이
나온 잡초들

나의 시비(詩碑)는
해맑은 아침 햇살
뽀얀 얼굴 내밀고
웃고 있었다.

미당(未堂) 묘소를 찾아

– 미당 선생을 기리며

미당의 묘를 감싸 안은
질마재의 포근함
깊은 여운 남는다

초록 물결 일렁이는 그곳
임의 음성 들리는 듯
가슴이 환해지네

햇살에 실린 명주바람
주막집 여인의 발자국 소리
자박자박 들리는 듯

수런대는 국화 잎
몽글몽글
그윽한 향기

영혼을 달래는 붉은 장미
미당의 시어(詩語)
오롯이 꽃 피어
우리들 마음을 환하게 해주네.

황혼(黃昏) 길

싱그러운 날 엊그제 같은데
뒤뚱 뒤뚱 걸으며
삐끗한 발목
언덕에 주저앉아

초로(草露) 같은 인생사(人生事)
누추한 몸 이끌고
헐렁한 삶
덧없이 흘러갔네

눈부시게 비치던 햇살
을씨년스런 날씨
날렵한 공중 곡예를 하네

봄날 같은 세월
어디로 가고
지금은 황혼(黃昏) 길에
삭은 몸 달래며 살고 있네.

성곽을 걸으며

지난해 말라죽은 풀섶으로
파란 싹이 쏘옥 얼굴 내밀고

새벽이슬에 젖은 풀잎
삶의 부족함 배우려고
분주히 장을 보는 개미떼들

세월이 머물다간 발자국 하나
고운 햇살은 보고픔에
목마른 그리움인가

안개처럼 자욱한 세상
헉헉 부연 김을 뿜어 올려

육백 년 지쳐 깎이고 씻겨온 성곽
그윽한 역사의 향기를 풍기네

어느덧 산 그림자 길게 내려와
어두움이 고양이처럼
기어서 올라온다.

낙산 길을 걸으며 · 1

노란 산수유 낙산 숲
꽃망울 터뜨렸네

파란 잎새들
여기저기 기지개 켜
숨을 쉬고 있네

잡초면 어떠랴
풀 한 포기도
소중한 것을

언 가슴 녹여주는
아름다운 꽃 향기

거대한 바위
비집고 나온 꽃나무

노송도 가지 늘어뜨리고
활기에 차 있네.

낙산 길을 걸으며 · 2

꽃 피울 준비 한참이네
향긋한 흙냄새
으슥한 그늘 가지마다
빗방울 맺혔네

따스한 봄 햇살 아래
새털구름 멈추고

능선을 타고 오르면
새싹 소근대며
미소짓네

앉은뱅이 야생초
연초록 옷고름 매만지며

꽃 피울 준비
한참이네.

기별도 안했는데

동트는 새벽녘
마알간 웃음으로
무거운 흙덩이
머리에 이고

쏘옥 고사리 손
살포시 품안에 안겨오는
연두색 아가씨

솟아오르는 태양
환한 아침
훈풍에 젖은 향기
아침 햇살 포근하다

꽃소식 기별도 안했는데
밤새 몰래 와 버렸네.

낙화암에서

낙화암에 몸 던진
삼천 궁녀
원혼이 강물 되어
희뿌연 물 되었나

유유히 흐르는 물
말이 없구나
백성의 아픔
어루만져 준 임

아린 가슴
용포 자락 벗어버리고
한 많은 세상
등지고 가셨으랴

길가에 들꽃
피고 지는데
가신 임
다시 못 오시는가.

눈부신 발전, 나의 모교

흙벽돌 초가집
안온한 마을에
자리 잡은 나의 모교

마당 풀 뽑던 날
엊그제 같은데

어느덧 큰 모습 지녔네
눈비에 씻기고 젖어도
눈부신 발전
그 역사 오십 여년

좁은 운동장
고무줄놀이 하며 뛰놀던 곳
'말미산' 정기 받아
큰 빛을 발하고 있네

그 이름 잊지 못할
큰 하늘 큰 그림자
눈앞에 큰 역사를 이루네.

삼군부 총무당

등 굽은 소나무 소스라치게 푸르다
그 위로 일백 여년 역사가 흘러

고종의 베갯머리엔
시베리아 아린 바람
깊은 침묵 가부좌를 틀다

정승 판서들이 금세
등장할 듯 한 이곳 총무당

역사의 수레바퀴 속
거센 바람 지나간 곳
무심한 새들만 지저귄다

암울했던 그 수많은 날들
무거운 짐 벗어버리고
오늘은 새 옷 갈아입었네

푸른 향기에 하늘이 부풀고
총무당 뜨락 조상의 얼이 숨 쉬는 곳

찬란한 숨결 영원한 대한민국의 보물이어라

노을빛 곱게 내려앉은 지붕 위엔
한줄기 빗방울
침묵의 고요를 맴돈다.

어느 날 오후

철길이 졸고 있는 오후
햇볕이 그 위에 따스하다

늦가을 밭머리에 줍는 이삭들
텅 빈 하늘엔 구름 한 점 없네

물소리는 땅속으로 솟아오르고
까치들은 높은 하늘을 휘젓는다

보리밭이랑 너머
아련히 들려오는 들바람 소리

찬란한 희망의 태양을 뒤로
세월을 좇는 망각의 나날

그리움 몽땅 담아
허무가 소리 내어 타고 있네.

살구꽃 피는 날

보면 볼수록
눈길 가는 살구꽃
겨우내 눈비 맞고
견디어 낸 인고의 세월

소나기

우르릉 쾅쾅 딱
소나기가 내린다
뇌물 먹은 자들, 탈세자들
혼내 주려고 소리치나보다

천둥치는데 가슴 쓸어내리고
벼락 치는데 한마음이리라
가난한 자에겐 보탬이 없어도

직(職)이 높은 자에겐 선물이 쌓인다
선물이 아니라 뇌물이겠지
오늘도 하늘에서 쾅쾅대니
아지가 한달음에 주방으로 숨었다

우리 부부는 바보였나 봐
목요일, 결혼을 제자들이 몰랐으니

뇌물 먹은 자들 회개하라고
오늘도 소나기가
쏴아 소리 내어 마구 퍼붓는다.

세월아

코흘리개 손수건
가슴에 달고
아버지 손을 잡고
깨금발 뛰면서
처음 학교를 갔었는데

어느덧 하얀 눈 온
산만 보이네

세월아 난 너에게
부탁하고 싶어
하얀 머리카락 한 올 한 올
지우개로 지워 주었으면
좋겠다고.

고장난 벽시계

성큼 다가온 가을
우리 집 고장난 벽시계는
하루 두 번씩 아홉시다

폭염이 기승을 떨던
여름에도
국화꽃이 노오랗게 피어
배시시 웃어주는 이 가을에도
고장난 벽시계는 아홉시만 가리킨다

가을 재촉하는 귀뚜라미 소리에도
고장난 벽시계는
세월을 꼬옥 잡고
아홉시만 가리킨다.

주름살

사립문이 엉성하게 열린 집
굽어질 대로 굽은
허리 두드리며
낡은 수건 덮어 쓰고
키질하는 할머니

지붕 끝자락 가라앉고
빈 나무
무너진 돌담 사이
풀벌레 소리만 자지러진다

주름살에 켜켜이 쌓인
사연들
등잔불 사이로 멀어져 가고

가난과 고통 이기려고
애쓴 흔적들
주름살에 박혀 있네.

살아만 돌아와 다오
- 여객선 세월호 침몰을 보고

파도야
너는 아느냐 모르느냐
거센 파도, 떠 밀려간 어린 꿈나무들

공포에 떨고 어두움에 떨고
사투를 벌이는
저 어린싹들의 아픔
너는 아느냐 모르느냐

울컥 붉은 울음 우는
가슴 저미는 상처
어찌해야 좋단 말이냐

눈물이 바다를 이루고
고통의 시간만 가고 있다
아수라장 운명의 기로(岐路)
살아와 다오 꿈나무들아

밀려오는 파도를 헤치고
살아만 돌아와 다오.

비극의 바다를 바라보며
– 세월호 참사 2주기에

온종일 하늘이 울었습니다
'팽목항'도 울었습니다

노오란 리본 물결

차가운 바다
갇힌 아홉구

추위에 떨고 있습니다
살려 달라 아우성치고 있습니다

아픈 마음 바다에 묻고
가슴에 묻었습니다

속울음 삼키며 돌아올 날
모두 애타게 기다리고 있습니다.

천안함 침몰

하늘도 울고 땅도 울었다
아 어찌 이런 일이
46명의 전사들이여
잘 가시오

한마디 말도 못한 채
차디찬 바다 속
조국의 바다를 지키려
우리의 가슴에 묻혔다
고통의 마지막 작별

깊은 슬픔
다시 돌아올 수 없는 길
땅을 치고 통곡한들
무슨 소용 있으랴

남편과 아들과 아버지
온 국민의 슬픔을 안고
용사들은 가시었다
대대손손 영원히 기억할 것이다

꽃들의 향연

찬란한 아침 햇살
하얀 실란(蘭) 빵끗
제라늄꽃 분홍색
예쁜 몸단장

천둥 번개에도
꿋꿋이 서
함초롬히 피었네

태풍 지나가니
기지개 펴고
봉숭아도 피었다

옥상엔 옥잠화
고운자태 뽐내고
꽃향기가 그윽하다.

목련

잠시 피었다 지는 목련

사알짝 고개 내밀어눈치 살피는 햇살
피할 수 없는 그리움에
수줍은 모습

맑은 이슬 머금고
청초한 모습으로 핀 목련

고고한 모습
입을 꼭 다문 채

잠시 피었다 지는 목련
순결의 꽃이여.

팔월에 핀 옥잠화(玉簪花)

뜰아래
옹기종기 모여 앉은
앙증맞은 꽃

이리저리 퍼진 햇살
묻어나는 꽃내음
계절은 덧셈을 하며 다가온다

양지쪽 베란다
노오란 꽃향기 마음을 문지르고
석축 틈에 핀 꽃잎 떨어뜨린 상처
뜨거운 햇덩이 고달팠던 세월 어루만져 주고

무더운 팔월
하얀 옥잠화 산고(産苦) 끝에
자손들 데리고 다시 꽃 피웠다.

봄 꽃

윙윙 허리를 치는
바람 소리
등 굽은 천년 노송
소리 내어 운다

서슬이 퍼런 바람
가지는 바들바들 떨고
사랑방엔 할아버지
잔 기침소리

한잠을 자고나니
봄꽃들 묵은 옷
벗어버렸네

하늘엔 뭉게구름 환한 봄소식
나직이 내려앉은 햇살

낙산 베고 누워
저마다 마음에
옷고름 풀어놓네.

게발 선인장

연두 빛 치마
꽃분홍색 저고리

벌 나비도 오지 않는
추운 겨울에
봉긋봉긋 피어난 게발 선인장

얼마나 부끄러워
고개 숙였나

꽃분홍색 짙은 사랑
해맑은 미소

다소곳 올망졸망
해마다 꽃 피우고

초야 치룬 새색시인가
발그레 얼굴 붉히네.

목련나무

창밖에 하이얀 새색시
소리 없이 내려

반가워 맞이하니
질퍽 질퍽

목련나무 거세게
부는 북풍에도

긴 겨울 잠 깨어
꽃망울 틔우고

창문 두드려
문풍지 울어 예는

고목에 매달려
봄꽃 소식 전해주네.

내 마음 모두 빼앗겨

침묵의 혼 불로 피워낸
하얀 면사포
목련꽃 발목 잡아
오도 가도 못하네

횅한 벌판 엊그제 같은데
꽃비가 내리니
배시시 짓는 미소 눈부셔라

순백색의 고고한 자태
봄의 전령사 목련꽃
겨울의 봄이 공존하니
추위에 예쁜 꽃잎 툭툭

이름 모를 새들의
고운 노랫소리
내 마음 모두 빼앗겨버렸네.

하얀 꽃

창밖에 햇살
거실 안 살며시 비춰주고

이름 모를 하얀 꽃
석 달 열흘을 피웠다

다른 꽃보다
더 다가오려고
큰 키 발돋움한다

때 묻은 우리 인생사
깨끗이 씻어주고
하얀 송이송이
군락을 이룬다

너는 나의 친구
외로움을 달래주고,
밤낮 없이 피워
거실 안 곱게 수놓아주네.

살구꽃 핀 날

동네가 온통 분홍색이다
살구나무 꿈틀대니
고운 꽃봉오리 활짝 웃고 있다

보면 볼수록
눈길 가는 살구꽃
겨우내 눈비 맞고
견디어 낸 인고의 세월

아아 잘 잤다
봄 햇살 향해
만세 부르네

저토록 아름다운
꽃 피우려고

새들은 나무에 앉아
덩달아 조잘거리고 있다.

꽃비 내릴 때

꽃비 소리 없이 내리네
가슴속 희망
일곱 빛깔 무지개
내 꿈은 꽃가마 타고
하늘을 날으네

햇살이 부서지는 한낮
가슴은 왜
이리도 뛰고 있을까

꽃잎은 나의 심장에
희망을 퍼부어 불길 가득한데
하얗게 묻어나는 꽃내음
코끝을 간질이네

뼛속 깊이 흐르는 상쾌한 소리
가슴이 둥당둥당

펄럭이는 꿈 한 자락덧없이 산 세월
어두움을 돌돌 말아 던져 버렸다.

3

고향이 그리워

파아란 바다는 없지만
쌍바위가 서 있는 곳
무슨 사연 있길래
두견새는 저리 슬피 우는가

봄이 오는 소리 · 1

아침 햇살 마냥 피어나
처마 끝에 드리우고

산색은 허물을 벗고
톡톡 봄이 오는 소리

도란도란 정겨웁게
감미로운 소리소리

꽃길 열어
차가운 시냇물 말간 물빛
푸른 하늘 흰 구름떼

꽃송이 송이
짙은 향기 피어오르고
파릇한 얼굴빛에 초롱초롱한 별들

향기로운 들꽃
한 그루 나무 밑에 피어
별들의 속삭임 엿듣고 있네.

꿈나무들 잔치에서

가을이 영그는 이 계절
높은 기상 훨훨 나래를 펴고
하늘로 날아도 손색이 없네

아스라이 멀어져 간 지난 날
옛 교정에 들어서자 향긋한 풀 냄새
맑은 공기 더위를 잊게 하네

'을미 의병'의 혼이 깃든 곳
꿈나무들 훌륭한 스승 아래
그 제자 있었네

눈이 부시게 쏟아지는 햇살에
생기를 뿜어대는 꿈나무들 선후배
헤쳐 모여 동질감에 열기를 더한다

산과 나무 암자가 하나 이 듯
모두 하나 되어 체력 단련
오롯이 자리한 '말미산'
한 폭의 산수화 스케치 하고 싶네

나직이 감싸 안은 산자락
둘러싸인 ○○중고
나라의 훌륭한 보배 꿈나무들
굳건히 서 있었네.

봄 마중

봄 새아씨
포근한 뜨락에서

보슬비 밟고 지나간
땅마다 새싹이 쏘옥

진달래도 반란을 일으키고
봄의 지신 밟으며
아기 젖꼭지처럼 붉어졌다

참새 한 마리 폴짝 폴짝
씨앗 한 알 물고
봄 마중 가자네.

빠알간 장미

양지 바른 산비탈에
등 굽은 장미꽃
더욱 빨갛게 피었네

아름다운 자태
경사진 담벼락에
보듬고 매달려
가슴 조이고

얼굴 빨갛게 물들어
절벽 바라보며
그리움에 넘쳐 있네

가슴 드러내 보이며
빨갛게 물들었네.

봄의 설레임

터진 나무껍질
사이를 비집고
봄을 맞는다

모아 두었던
긴 한 숨 내쉬며

살갗을 파고드는
인고(忍苦)의
아픔으로

봄을 맞기 위해
시나브로 떨어지는
고드름의 눈물

피어오르는
안개 내음
설레임이 배어든다.

봄소식

파릇한 바람에
살구꽃 화들짝 피어난
어느 봄날

노송들 틈새에
어깨를 드밀며
흐드러진 살구꽃

보슬보슬 봄비 내리니
쏘옥 쏘옥
군자란 꽃 피우고

봄맞이 하려는지
비둘기는 구구구구

사립문 떠밀며
살며시 다가온 봄소식

아지랑이 나풀나풀
춤추며 다가오네.

봄 봄 봄

꿍음 내며 천동쳐도
앙증맞은 파란 싹
쏘옥 얼굴 내밀고

먹구름 하늘 아래
널브러진 낙엽 위

갈매기들 꺼억 꺼억
비에 젖은 날개
속살까지 젖었네

고양이 발톱 짓밟고 가도
히야신스 꽃
몽울몽울 고개 들고

봄빛 어린 베란다
선녀처럼 곱상스런
봄 봄 봄 땅위에 가득하네.

나의 봄 · 1

창밖엔 벌써 봄 햇살
가슴속에 쟁여둔 이야기

상큼한 공기
낙엽을 훌훌 벗어버리고
머지않아 온 산에
꽃들 피겠지

연초록 옷고름 매만지며
명주바람 햇살에
돗나물도 파릇파릇

야들야들한 손 내밀며
허름한 골목에도
봄은 소리 없이 오고 있네.

나의 봄 · 2

꽃나무들 기지개
양지쪽 산기슭
조롱조롱 노오란 개나리

누우런 잔디
모두 벗어버리고
찬란한 햇빛 눈부셔라

짓밟혀도 목 꺾여도
쑥 향기 물씬
냉잇국 구수한 냄새 일렁인다

남몰래 사방 엿보며
싱그러운 들녘에
깨알 같은 웃음소리

연두색 나의 봄
소리 없이
사알짝 오고 있구나.

고향이 그리워

내 고향 뒷동산 능선에 흐드러진 야생화
할미꽃 곱게 피어 단장한 맵시

맑은 도랑물 졸졸졸 흐르고
파아란 바다는 없지만
쌍바위가 서 있는 곳
무슨 사연 있길래
두견새는 저리 슬피 우는가

나뭇잎 사이로 쭈뼛쭈뼛
엿보이는 햇살은
먼 내 고향의 하늘인 듯

휘몰아치는 비바람 속
닭들은 뒷발질 흙을 끼얹고
논에서 울던 뜸부기는
어디로 갔는지

텅 빈 벌판만이
쓸쓸히 눈에 보이네.

어머니 생각

아련한 고향 생각
샘물처럼 길어 올리고
그리움의 버섯구름
어머니얼굴 떠오른다

있는 것 다 주어
찌그러진 젖 주머니
문풍지 황소바람
시린 가슴 움켜쥐고

계절을 접는
이별의 낙엽처럼
눈물의 자가용
혼자 타는 텅 빈 가슴

서러운 마음
어머니는 오늘도
북망산천에만
계시 온지.

그리운 어머니

어머니가 만들어준
모락모락 김이 나던 풀빵

아스므레한 별빛 따라
호된 겨울 비집고
우물가 장독대엔
봉숭아꽃 피었을까

키다리꽃 장다리꽃
담장 밖을 내다보고
고샅길 자투리땅
홀로 피운 백일홍

투박한 항아리
곰삭은 된장독
간 곳이 없네

한겨울 차가움도
따스한 사랑으로
녹여주던 어머니
어머니 사랑.

어머니

어머니 산소에 할미꽃 여섯 송이
얼마나 자식들이 보고팠으면
고개 숙여 생각하고 계실까

집에 와 손빨래하며
어머니 생각 많이 했지요
어머니는 모든 게 힘 안 드는 줄 알았어요

이층 베란다에 치자 꽃이 곱게 피었습니다
어머니가 퍽도 좋아하셨던 그 꽃
나 홀로 서서 바라보니 눈물이 납니다

어머니가 담가주신 김치 맛있게 먹었는데
김치 담그는 것 별것 아니라고 생각했는데
김치 담그고 나니 허리가 많이 아프네요

이제 내가 철이 드는 모양입니다
효도 못한 후회 새삼스러운데
어머니는 곁에 안 계십니다.

삶의 무게에 눌려

풀꽃 같은
한 세월 찾아 헤매는
삶의 무게에 눌려
밟혀도 꺾이지 않는 풀

하늘은 구멍이 뚫렸나
궂은비는 그칠 줄 모르고
뒤돌아보면 고난의 발자욱
지워지지 않았는지

저 산 너머 친정집에도
비가 오고 있을까
텃밭의 장다리꽃처럼
정겹게 웃으시던 어머니

자우룩한 안개 속
자욱자욱 서리고
창문을 두드리는 빗줄기는
그리움을 돋우네.

목화솜 이불

무릎에 바람 이니
창문에 비친 달빛
당신 모습 그리며
하얀 밤 지새웁니다

장롱 속 쌓인 이불
어머니 정이 서려
이 밤 그리움에
눈물 훔치웁니다

무엇이 그리 바빠
길 재촉 하셨나요

따가운 햇살 아래
늙은 몸 이끄시고
허리 펴며
목화 송이송이 깊은 사랑.

군고구마

낙엽이 우수수
좁고 어두운 골목길
구수한 군고구마 냄새

코 흘릴 때
화로에 고구마 구워
뜨겁다고 행주치마
싸서 주시던 어머니

밖에서 윙윙대는
바람소리 아랑곳 않고
고구마 생각 조급한 마음에
화젓가락으로 뒤적뒤적

재티로 방안 가득 껍질 벗겨
군침 꿀꺽 노오란 고구마
후후 불며 한입 베어물고
눈물 찔끔 흘렸네.

어머니의 수목장(樹木葬)

외로움 달래며
찾아간 수목장(樹木葬)

무거운 마음
해송나무 그림자
술잔에 어려

달랠 수 없는 그리움
속눈물로 번진다

발걸음 거듭 거듭
대문도 없는 후미진 곳

주름진 골짜기엔
잡초만 무성하다

어머니
어머니 당신 불러봐도
성스러운 큰 나무
하늘 높이 치솟고 있다.

너희들이 있어 행복하다

새벽을 깨우는
청아한 새소리

눈을 뜨니
아침이 상쾌하다

창밖에는
하품하는 꽃들
아침 인사한다

손끝으로 살며시 만지니
꽃들이 반기네
너희들이 있어
날마다 행복하다.

'뱅셴느 숲'의 가을

드넓은 숲에 들어서니
미소 띤 오색 난쟁이 꽃들
우리를 반긴다

멀어져 간 고향

어느덧 십이월이 접어졌네
가녀린 마음 고독에 밀려
유년의 하늘 아래
서성이는 이 마음

이름 없이 살다가는 들꽃처럼
보리 밭 이랑 너머
들려오는 종달새 소리

황금 빛살 데리고 와
햇살 빗질하고
널브러진 쑥 캤었는데

서리 덮인 초가지붕 위
자우룩한 향기
시간은 곤두박질치듯
우수수 떨어진 사이로

문풍지 황소바람
옷 속으로 스며들던
멀어져 간 내 고향.

노오란 은행잎

여름 햇볕 무더위 견디고
덧없는 세월 흘러
노오란 은행잎

하얀 구름 머금은 듯
알몸의 단풍잎
몸 쪼개며 속삭인다

온몸 불태운 늦가을 석양
몸부림쳐도 놓아버리는
나무 잎새

바람결에 휘덮여
발밑에 차이는 노오란 은행잎
밤새 빗줄기에 흥건히 젖었구나

잎 떨어뜨린 나뭇가지
흐느끼는 비명소리
몹시 애처럽구나.

보리밥

절구에 겉보리 대껴
무쇠 솥에 밥 짓고
해 저물어 긴 쑥대
모깃불 피워놓고

달맞이꽃 옆
동네 아낙들
멍석에 모여 앉아

양푼에 밥 비비고
베적삼에 땀 훔치며
밥숟가락 빨라진다

허기진 배 불리고
개울물에 멱 감으면
개구리들 개골개골

개똥벌레 오락가락
실바람 불어오고
시골 밤은 깊어간다.

기다림

삭정이 나뭇가지에
눈부시게 내리는
하얀 빛 은빛 이불

흘러간 날 밤
목젖이 마르도록
부르다가 지쳐 잠들었지

파아란 바닷가
거센 파도에 부딪치며
모래위에 다시 떠오르는
너의 얼굴

오늘 토록
솟구치는 그리움
지우개로 지웠다가
다시 기다려본다.

아내의 기도

묵은장이 곰삭은 항아리 속엔
붉은 고추 검은 숯
세 덩어리 구름처럼 떠 있다.

앞마당 연못엔 연꽃이 피고
종갓집 맏며느리
일손이 바쁘다.

기왓장 가루 내어 놋그릇 닦고
과거보러 떠난 님
정한수 떠 놓고

장원급제 하라고
두 손 모아 빌고 빌며
오실 날을 기다린다.

거울

내 마음
너는 훤히 들여다보고 있지

속속 깊이 거짓말 못하게
나신(裸身)이 된 나를
너는 아무 말도 못하게
비추고 있구나

못생긴 얼굴 지워달라고
너에게 애원해도
생긴 대로 살라고
멈추지 않고 들여다보는 너

나 살아가며
실수한 일 미숙한 일
올바르게 살라고
거짓말 말라고

거울
난 네가 너무 무서워.

점 하나

세월은 바람일세
어제가 삼월인가 했는데
잠에서 깨어나니
어느새 사월일세

세상에 한 일 없어
허전한 마음
창밖을 바라보니
곳곳마다 꽃동산

진달래 개나리
어김없이 피고 지는데
이 몸 만물의 영장이라
자처하면서

누에는 자기 몸 보다
천이백배 긴 실을 자아내는데
이 몸은 작은 점 하나처럼
지고 사라지겠지.

북악산을 바라보며

막바지 가을
운치를 더하고 있는
바위틈에 낀 붉고 노란 단풍

산소를 뿜어주며 서 있는 나무들
낙엽은 이불 되어 감싸주고

산이 좋아 산에 오르는 사람들
마음은 어떤 느낌들일까

산자락 굽이굽이마다
한곳도 꾸밈없이 조용히 누워

높은 하늘 자만하지 말라며
겸손하게 산이 나란히 누워 자리를 지킨다

타오르는 석양, 북악산에
어두움이 다가오니
산을 찾는 사람들이 뜸해진다

새들 둥지 찾아 숨죽이고
산비탈, 일그러진 함석집

긴 그림자 드리우며
가을의 반짝임과 넉넉함을 담는다.

낙산에 올라

멀어져 가는 햇살 속
낙산에 올라보니

성벽에 이끼마다
붉은 노을 몸 담가

입술처럼 빨갛게 피어오른
산봉우리 끌어안고

성당의 종소리
끊어질듯 이어질듯
외로운 심사 휘감아

낙산에 황혼 물들이니
내 마음 지상에서 하늘까지
둥둥 구름 되어 떠간다.

삼선공원을 바라보며

꽃송이 송이 선녀 되어
나뭇잎 사이로
구름타고 올라갔네

삼선공원
칼바람 웅크린 채
해묵은 나무 가지엔
까치 한 쌍
발이 시려
한 발을 들고 있네

밤새 내린 하얀 눈 속
낙엽은 엎드려
숨죽이며

다시 태어날
새 생명 잉태하려
긴 겨울 배웅하며
봄을 기다린다.

우리 삼선동(三仙洞)

성북천(城北川)
옥같이 맑은 물 흐르는 곳
세 선녀 내려와
노닐던 곳

봄이면 하얀 조팝나무 꽃
군락(群落)을 이루고
오리 한쌍
한가로이 헤엄 치네

낙산(駱山)에 오르면
푸른 숲 온갖 새들 지저귀는
구한말(舊韓末) 역사 깊은 산성(山城)

침묵(沈默)으로 서 있는 총무당(總務堂)
조상(祖上)의 얼이 숨 쉬는 곳

살기 좋은 우리 마을
이름도 아름다워라
우리 삼선동(三仙洞.)

'뱅센느 숲'의 가을

비가 흩뿌리는 날
'뱅센느' 숲으로 향했다

찌푸렸던 하늘
햇볕이 쨍 환한 얼굴을 내민다

드넓은 숲에 들어서니
미소 띤 오색 난쟁이 꽃들
우리를 반긴다

잔잔한 호숫가
카누의 노를 젓는
파란 눈의 청춘남녀
목이 긴 한 쌍의 학
한가로이 먹이를 찾고

황 백 흑 모두가
얼굴색이 다른 이방인
파도처럼 출렁이는 인파

온갖 새들의 노래
파란 선율 터지고
솜처럼 포근한 숲에 앉아
하늘을 바라보니

어스므레한 구름 사이로
보이는 아득한 고향

야트막한 언덕엔
크고 작은 열매들
알알이 익어
빠알간 가을을 덧뿌린다

길게 늘어진 수양버들
만고풍상을 겪은 잎새
호수에 잠겨 흔들리고

서쪽으로 멀어지는 햇덩어리
뱅센느 숲에
저녁노을이 황홀하다.

서글픈 가을

고향 길 생각나는 담 모서리
잡초 속 나팔꽃 피어
살포시 웃고 있네

언덕위에 단풍 진 거리
낙엽이 뒹굴고 가을 알리는 시월
어머니 무릎에 앉아
옛날이야기 들려주시던 날들

유년의 내 목소리
저렇듯 슬피 우는
비둘기 소리 구구 구구

달빛이 져버린 후미진 거리
고독이 번지는 가을이여
햇살을 빗질하여
머루 알 익어가는 연두색 뒷동산

눈물겨운 세월 앞에
어미 잃은 산새들
겨울로 치닫는 가을이 서글퍼라.

낙엽을 밟으며

낙엽이 수북이 쌓인
쓸쓸한 길
새벽이슬에 젖은 풀잎처럼
바람도 웃음을 잃고

소낙비 크게 문 두드려
주름진 세월을 얼룩으로 지켜온
마디마디 갈라진 손금

고향에 두고 온 말 숱하게 많은데
가버린 세월 속에 묻혀 버렸네

비포장 길 따라서 달리기 하며
소주 한잔이 따뜻한 저녁

귀한 기억 조금씩 잘라내며
입은 옷 다 헤져
뼈대만 남은 산자락

가을바람
나뭇잎 우는 소리가 차갑다.

단풍잎

깜깜하게 깔리는
어스름 속
간밤에 내린 보슬비는 수줍은 듯

세찬 바람에 나뭇잎 떨어지고
꽃잎 하르르 날아들어
누가 어루만져 줄까

벅찬 숨 헐떡이며
젖어든 노을마다
아픔을 보듬는
멈춰버린 시계

뜨겁게 달구어진 단풍잎
바람에 우르르 흩어지고
안개비 같은 추억만이
마음을 감싼다.

가을 풍경

살며시 다가온 가을
창밖엔 구슬프게
귀뚜라미 우는 소리

빠알간 단풍잎
줄지어 소풍 가고

목젖까지 차오르는
노오란 그리움
산새소리 적막을 깬다

후미진 골목길
그 숱한 사연

노을 빛 곱게 내려앉은
지붕 위엔
박꽃들의 하얀 미소

유년의 꿈
토실토실한 추억
아련히 떠오른다.

단풍잎 영상(影像)

빨강 노랑
오색 단풍
깊어가는 가을
엎드려 귀 기울이네

살포시 내린 이슬
밝은 햇살 아래
영롱하여라

그늘진 나무 아래
앙가슴 파고드는
바람에 나부끼는 바라춤

고만고만한 키
발버둥 치다
떨어진 아득한 미소

자리 내준 파란 꽃잎
석양처럼 붉은 단풍
갈잎 될 줄 몰랐네.

5

낙조설(落照設)

인생무상(人生無常)의 허무를 달래며
조각난 시간들을 불러 모아
아름다운 추억의 조각보를 만든다.

낙조설(落照說)

조락(凋落)의 가을하늘 아래
낙엽이 나뒹굴고 있다

산은 새들을 불러 모아
석별(惜別)의 정을 나누는가

숲속의 청설모들은
철없이 뛰어 노는데

온몸 부르르 불타는
만추(晩秋)의 석양
빨리도 놓아 버린 손
마지막 잎새의 끈들

떠나기 싫어도 속절없이
떠나야 하는 마지막 잎새

인생무상(人生無常)의 허무를 달래며
조각난 시간들을 불러 모아
아름다운 추억의 조각보를 만든다.

호박 넝쿨

눈부시게 흩날리는
꽃들의 날개 짓

앞마당엔
7월의 더운 열기 가득

기울어져 가는 대문 밖
호박 하나 대롱대롱 매달리어

온 몸 널브러진
무거운 보따리

늙은 호박 담 너머
쪼그리고 앉아

퍼진 햇살 아래
빵끗 빵끗
노오란 웃음 가득하다.

칡넝쿨

파란 몸을 불사르듯 타올라
칡넝쿨은 이름 없는 화가
여백 있는 한 폭의 동양화

수려한 용모
내 키보다 더 크며
너울댄다

그림 기법 다양
실낱같은 소망
비집고 나와

서로 손잡아 주고
이끌어 주어
칡넝쿨 그림 주눅이 든다

정상에서 내려와
여름 내내 초록색
다시 그림을 그린다.

그날이 돌아오면

메모하지 않으면 까먹는
이제 나도 늙었나봐

어머니가 자식걱정 하던 일
내 앞에 다가왔네.

문득 나는 생각한다. 내 무덤을
내가 파고 들어갈 순 없나.

자식에게 부담 안 시키고
갈수만 있으면
그렇게 했으면 좋으련만

그날이 오면
어떤 모습으로 갈까?

마지막 그날이 오면
그냥 손 놓고 갈 것을.

멍멍이도 짖지 않네

산 정수리에
하얀 눈 쌓였는데
요즈음 멍멍이들
짖지를 않네

청문회 나오신
높은 양반들
탈세자가 많고

난 아니라는 거짓말
구제역 알바 없고
조류가 떼죽음해도
아랑곳 하지 않네

땅 땅 땅
땅 투기꾼 누가 지키나
주인들이 오리발이니
멍멍이도 짖지 않네.

노오란 주전자

노오란 주전자 탁배기
꿈결인 듯 다가오네
풍년 들면 누런 벼 베다가
논둑에 앉아
탁배기 한 사발 벌컥벌컥

햇볕에 그을린 시커먼 얼굴
하얀 이 드러내며
흥얼흥얼 풍년가 불렀었지
윗말의 농부도
버덩의 농부도
모두가 한마음 이었네

잠방이 걷어붙이고
노오란 주전자 탁배기
한숨에 들이키던 날
집신 떨어져 발가락이 나와도
훠어이 훠어이 참새 쫓으며

노오란 주전자에 탁배기 마셨네.

눈이 내리네 · 1

은백색의 흰눈
사락사락 내리네

허공에 쏟아 놓는
하 많은 이야기

한 움큼의 햇빛도 없는 하늘
차갑고 휘넓은 언덕에도
하얀 눈이 내리네

한 세월 찾아 헤매던
나의 모습
허둥대며 쫓아가는
초조한 마음

하얀 수염에 매달린
은빛 촉감
바람은 겨울나무
밑동을 흔든다

주름진 가슴에
젊은 날의 추억만이
눈꽃 속에 아롱지고

꺾어진 목 고개
느티나무 위에
하얀 눈이 내린다.

눈이 내리네 · 2

녹 슬은 기찻길에
탐스러운 눈꽃

온 누리에 노크도 없이
하얀 눈이 내리네

창밖을 바라보니
겨울 정취(情趣) 가득하다

서걱거리는 갈대
하얀 눈 내려 머리가 하얗게 세었네

눈보라 쳐도 거센 바람 불어도
다시 올 그 봄
고운 날을 기다리네.

나목(裸木)·1

한 서린 겨울
칭얼대지 않고
말없이 서 있다

파란 잎
다 비워버리고
떨어진 잎새
물끄러미 바라보는 나목(裸木)

발 시려 동동거리며
움직일 수 없는 슬픔
널브러진 낙엽 이불
끝없는 공허

흰 눈으로 뒤덮인
새벽을 맞으며
아린 가슴 누렇게 떠 있다

오직 태양만 향해
염원(念願)한다
어서 봄이 와 달라고.

나목(裸木) · 2

네온사인도 잠든 이 밤
속옷 하나 걸치지 않고
서 있는 나목(裸木)

모진 비바람 눈 맞으며
새하얀 옷을 입고 쓸쓸히 서 있네

한 때는 푸른 옷
싱그러웠었는데

낙엽 슬퍼하며
한 잎 두 잎 떨어뜨렸지

겨울바람 차가워도
살랑 살랑
춤을 추는 나뭇가지

속울음 울며
더디게 오는 봄
기다리는
너의 모습 처연(悽然)하구나.

겨울 밤

윙윙 휘몰아오는 바람
나목들 추위에 떨고 있네

휘영청 달 밝은 밤
눈꽃이 하얗게 피어 있네

저 멀리 들려오는
목탁소리

밤기차 덜컹덜컹
추위를 더해 주고 있네

옹기종기 모인 새들
깃털 세우고
겨울 긴 밤을 지새우고 있네

이슥한 밤 호롱불도
추위에 떨며
가물가물 잠들고 있네.

검은 연탄

먼 산에 동이 틀 때

등 지게로 업혀 온
내 이름은 검은 연탄

아랫동네 부자님들
내 몸 검다 웃지 마소

웃은들 어쩌랴
볼 품 없는 검은 몸매
산동네서 환대 받네

활활 타는 연탄불
찬바람 막아주니
노부부 얼굴엔 온기 가득하네.

백수는 어디 있어도

바람에 목이 꺾인
장미 나무 사이로
이름 모를 풀벌레 소리
아침을 깨운다

풀섶에 맺힌 새벽이슬
뻐꾸기 울음 자지러지고

못 견디게 향기로운
아카시아의 숨결

백수는 어디 있어도 백수
빈 항아리 속에
허무가 맴돈다

낯선 곳에 서성이다
하루가 가고

달의 뒤안길
멀고도 먼 길
찾아 떠난다.

마지막 산책
– 귀여운 '아지'를 생각하며

난 너를 사랑했다
배신 없는 너를
마지막 산책 다리 한쪽 절며
내 바지 잡아당겨
대문으로 끌던 너의 모습

너는 지금 고통에 떨고
아픔에 울지만 난 너에게
아무것도 도움이 안 되었다

가쁜 숨 몰아쉬며 눈가엔 눈물 글썽
진자리 갈아주면 입을 딱 딱 벌렸다
얼마나 아프면

난 따뜻한 방에서 넌 차가운 뜰아래서
이불에 쌓인 채 신음하고 며칠이 지난
지금은 아무 소리도 못 내고

그런 너의 고통 덜어주지 못하는
내가 원망스럽구나

세상에 태어나서 짧은 십이 년
갈비 봉지 던져주면 한번 먹고
나를 보고 두 번 먹고 나를 보았지

너도 생명 있어 고통의 죽음 맞는구나
난 아무 것도 너에게 해줄 힘이 없구나

이승의 개로 태어나기 어렵다는데
멍멍이로 태어나서 짧은 생을 맞았구나
내생에선 잘 살아라

2월에 앙상한 나뭇가지 사이로 뛰놀던
그날이 마지막 산책이었구나

가슴이 터질듯 아프다
난 차라리 갓난아기가 되고 싶다
이 슬픔을 모를 테니까

사랑했다 아지야! 정말 사랑했다
아지야! 고이 잠들어라.

산책길에서

초대하지 않았는데
여름이 성큼 왔네

밤새 내린 비
생기 돋는 숲길

초록색 잎새마다
함초롬히 빗물 먹었네

햇살 두려워
꽃잎 속에 숨었나

할딱거리는
가쁜 숨
구름이 달래준다

난쟁이 노오란 민들레꽃
분홍의 월계꽃
방긋 웃는다

육백년 묵은
낙산성 돌 틈새

바위곰취 빼꼼히 내다보며
어린 손 인사하네

벌 나비 마실 오고
청아한 저 새소리

아! 그 품안에 안기니
순간이 힐링이다.

민 시인 문학비 건립식에

(시인) 김 경 남

혼불 불어넣은 귀한 돌비
오늘 태어났습니다

가문의 자랑스런 꽃이기에
보석으로 빛납니다

초석(礎石) 등(燈) 달았으니
님은 문중의 빛입니다
문학의 불꽃입니다

님은 섬김의 자리에서
문학(文學)과 지성(知性)을
섬광(閃光)으로 빛내소서

세월이 흐르고
세대가 바뀌어도
부서지지 않는 돌과 같이

영원(永遠)히 피가 돌아
생명으로 꽃잎 한
역사(歷史)의 꽃으로
승화(昇華) 하소서.

어떤 마음

(시인·수필가) 서 옥 란

쟁반 위 담은 다섯 개 인정
장난감 닮은 붉은 구슬
모과 친구와 손잡고
미소 짓는다

어려움 속 나보다 남을 먼저
챙기는 그대만의 깊은 마음
주옥같은 글 속에서도 엿보인다
참 예쁜 다섯 개의 감에도 피어난다

풍성(豊盛)한 시상(詩想)과 변이(變移), 표현법(表現法)

李 姓 敎

(시인, 문학박사, 성신여대 명예교수)

풍성(豊盛)한 시상(詩想)과 변이(變移), 표현법(表現法)

李 姓 敎
(시인, 문학박사,성신여대 명예교수)

1. 오랜 문학수련에서 피워낸 꽃

꽃은 하루아침에 피지 않는다. 오랜 날을 두고 숱한 경위를 겪으면서 피게 되어있다. 이것을 잘 노래한 시인이 '국화 옆에서'의 시인 서정주임은 널리 알려져 있다. 꽃뿐만 아니라 모든 일의 성취도 이 원리에서 벗어나지 않는다.

문학예술의 경우 누구든지 호되게 겪어야 할 습작기란 것이 있다. 아름다운 꽃 큰 꽃을 피우기 위하여서는 혼신의 노력을 기울여야 한다.

민병재 시인의 경우는 유독 그 수련기간이 길었다. 무엇보다도 문학의 길을 쉽게 생각하지 않고 생활의 체험을 피로서 쓰려고 하였기 때문에 길었던 것이다.

민병재 시인은 처음부터 문학의 장르를 택하는데 있어 시로 정하지 않고 생활의 체험을 쉽게 표현하는 수필 장르를 택했던 것이다. 수필 창작에서 생활의 깊은 의미를 드러내었고 거기에서 또한 문장 수련도 많이 했던 것이다. 이러한 역사에서 수필집 두 권('건청궁의 가을' '그 겨울이 그립다')을 내었다.

수필문학 창작 기간에서 또 다른 장르 시로 옮겨온 것도 알고 보면 한 10여년 된다. 이는 누구나 쉽게 택할 일이 아니다. 민병재 시인이 감히 한 장르에 만족하지 않고 두 장르를 택한 것은 그만치 남다른 능력을 소유했기 때문이다.

우리 시문의 역사를 보더라도 시, 수필 두 장르에 걸쳐서 좋은 작품을 쓴 몇 분도 있었다. 그 중에도 널리 알려진 분으로는 모윤숙, 노천명, 피천득, 박목월 — 등을 들 수 있다. 더구나 80년대 이후 문단이 더 넓어짐에 따라 두 장르를 겸한 문인이 많아졌음도 특이한 일이다. 어쨌거나 한 문인이 역량이 있으면 몇 장르를 겸하는 것은 좋은데 요는 장르마다 좋은 작품만 쓰면 되는 것이다.

오늘 우리에게 보여주는 그의 첫 시집의 세계가 그의 인생살이를 얼마만큼 깊이 있게 감동 깊게 표현하였느냐가 무엇보다 관건이 된다.

　　　　누구의 주검을 슬퍼하기에
　　　　하얀 소복(素服) 입었을까
　　　　한 여름 구름이 나직하고
　　　　머리꼭지가 하얗다

　　　　그리움 한 스푼 넣고
　　　　휘휘 저어
　　　　차창 밖에 비추이는 너

하얀 드레스 걸치고
해마다 그 자리에
꽃 피웠지

거둔 주인 없는데
산허리 휘감아
돌 틈에 핀 하얀 수국(水菊)

아무도 찾는 이 없는
산야(山野)에 외롭게 핀
곱디고운 산색시여

— '하얀 수국' 전문

〈수국〉이 갖고 있는 이미지를 독특한 표현으로 형상화한 작품
이다.

첫 연 〈누구의 주검을 슬퍼하기에 / 하얀 소복 입었을까〉와 마
지막 연 〈아무도 찾는 이 없는 / 산야에 외롭게 핀 / 곱디고운
산색시여〉 같은 표현은 높은 경지다.

사실 그의 시집에서는 노래한 꽃들이 유난히 많다. 대표시 〈하
얀 수국〉에 있는 〈수국〉을 비롯하여 〈옥잠화〉〈목련〉〈할미꽃〉
〈조팝나무꽃〉〈진달래〉〈국화〉〈살구꽃〉〈라일락꽃〉 등이 눈에
띄게 노래되어 있다.

사실 〈꽃〉은 우리들 일상에서 아름다움의 상징으로 되어 있

다. 빛이 아름답고 향기가 좋아서 그러하다. 그래서 모든 것을 꽃에 많이 비유한다.

이런 점으로 봐 민병재 시인은 꽃의 시인이라고도 볼 수 있으며 정신적으로도 유미주의적 철학을 갖고 있다고 볼 수 있다.

2. 생활을 진실하게 꽃피운 서정시인

시의 흐름과 이론을 항상 그 시대마다 달랐다. 그만치 모든 사물의 의미는 그 시대마다 달리 평가되었기 때문이다.

모든 문학의 흐름(사조)을 거쳐 20세기 후반에 와서도 심지어 포스트모더니즘까지 유행했으니 더 언급할 필요가 없다. 문학은 확실히 근본적으로 지녀야 할 정통성과 또 그 시대 변화에 따른 색채도 지녀야함은 더 말할 것도 없다.

요 근자 우리 문단에서도 옛날에 선보였던(17세기 영국의 시인 존 던에 의한) 형이상시 같은 것도 새삼 논의되고 있는 것도 주목할 일이다.

그 시대에 따라 외부의 영향을 받고 색다른 문학의 모습이 나타난다고 하더라도 그것은 일시적 유행일 뿐 그 민족의 본질마저 생활 바탕에서는 변해서는 안 된다.

이러한 원리에서 민족시인은 외부의 영향은 고려하되 거기에 덥석 빠지지 말고 생활의 표현 진실을 나타내야 한다. 이런 전제에서 볼 때 민병재 시인은 민족생활의 시를 진실하게 노래하고 있다.

이러한 경향은 그의 자연 친화시에서 많이 느낄 수 있다.

꽃비 소리 없이 내리네
가슴속 희망
일곱 빛깔 무지개

내 꿈은 꽃가마 타고
하늘을 날으네

햇살이 부서지는 한낮
가슴은 왜
이리도 뛰고 있을까

꽃잎은 나의 심장에
희망을 퍼부어
불길 가득한데

하얗게 묻어나는 꽃내음
코끝을 간질이네

뼛속 깊이 흐르는
상쾌한 소리
가슴이 둥당둥당

펄럭이는 꿈 한 자락
덧없이 산 세월
어두움을 돌돌 말아

던져 버렸다

— '꽃비 내릴 때' 전문

찬란한 아침 햇살
하얀 실란(蘭) 빵끗
제라늄꽃 분홍색
예쁜 몸단장

천둥 번개에도
꿋꿋이 서
함초롬히 피었네

태풍 지나가니
기지개 펴고
봉숭아도 피었다

옥상엔 옥잠화
고운자태 뽐내고
꽃향기가 그윽하다

— '꽃들의 향연' 전문

위의 두 시는 모두 〈꽃〉을 소재로 한 시다.
첫 시 〈꽃비 내릴 때〉에서 2연 〈내 꿈은 꽃가마 타고 / 하늘을 날으네〉와 4연 〈펄럭이는 꿈 한 자락 / 덧없이 산 세월 / 어두움을 돌돌 말아 / 던져 버렸다〉는 인생의 한 평생을 꿈으로 잘 그렸다.

또 두 번째 시 〈꽃들의 향연〉에서도 꽃들의 아름다운 세계를 그리고 있다.

이 두 시 다 살아온 인생을 꽃이 깃든 무대를 설정하여 잘 노래하고 있다.

다행하게도 민병재 시인은 시골생활을 경험한 분이다. 그래서 자연 친근의식이 누구보다도 강한 것이 그의 장점이다. 그가 학업을 수료하기 전까지는 시골 농촌(양평)에서 살았기 때문에 자연이 주는 아름다움 속에 꿈을 익힐 수 있었던 것이다.

눈부시게 흩날리는
꽃들의 날개 짓

앞마당엔
7월의 더운 열기 가득

기울어져 가는 대문 밖
호박 하나 대롱대롱 매달리어

온 몸 널브러진
무거운 보따리

늙은 호박 담 너머

쪼그리고 앉아

퍼진 햇살 아래
빵긋빵긋
노오란 웃음 가득하다

    — '호박넝쿨' 전문

파란 몸을 불사르듯 타올라
칡넝쿨은 이름 없는 화가
여백 있는 한 폭의 동양화

수려한 용모
내 키보다 더 크며
너울댄다

그림 기법 다양
실날같은 소망
비집고 나와

서로 손잡아 주고
이끌어 주어
칡넝쿨 그림 주눅이 든다

정상에서 내려와

여름 내내 초록색
다시 그림을 그린다

― '칡넝쿨' 전문

이 두 시의 공통점은 농촌생활에서 흔하게 볼 수 있는 넝쿨이
다. 그 가운데서도 집 앞 뜰에서 볼 수 있는 호박넝쿨의 풍경이
다.

호박넝쿨의 모습을 〈눈부시게 흩날리는 / 꽃들의 날개 짓〉〈
온 몸 널브러진 / 무거운 보따리〉〈퍼진 햇살 아래 / 빵긋빵긋 /
노오란 웃음 가득하다〉는 뛰어난 심상의 표현이다. 재미있는 모
습을 눈으로 보는듯하다.

그런가 하면 〈칡넝쿨〉의 이미지도 한 폭의 그림을 보듯 잘 그
렸다. 그 표현가운데 칡넝쿨의 모습을 파란 몸을 불사르듯 타
오른다고 하여 〈이름 없는 화가〉라고 했다. 또 〈서로 손잡아
주고 / 이끌어 주어 / 칡넝쿨 그림 주눅이 든다〉고 한 표현은
특이하다.

이 이외에도 농촌생활에서 흔하게 볼 수 있는 〈보리밥〉에서도
짙은 향토미를 볼 수 있다.

또 그의 자연 친화의 시에서 계절의 색채를 잘 찾아볼 수 있
다. 꽃노래와 더불어 봄노래가 제일 많고 그 다음 단풍의 아름다
움, 인생의 허무를 노래한 가을노래도 수월찮이 많다.

그 다음 자연의 아름다움과 함께 어린 날 시골에 자라던 날을
그린 회상의 시도 꽤 많다.

내 고향 뒷동산 능선에
흐드러진 야생화

할미꽃 곱게 피어
단장한 맵시

맑은 도랑물
졸졸졸 흐르고

파아란 바다는 없지만
쌍바위가 서 있는 곳

무슨 사연 있길래
두견새는 저리 슬피 우는가

나뭇잎 사이로 쭈뼛쭈뼛
엿보이는 햇살은
먼 내 고향의 하늘인 듯

휘몰아치는 비바람 속
닭들은 뒷발질 흙을 끼얹고

논에 울던 뜸부기는
어디로 갔는지
텅 빈 벌판만이
쓸쓸히 눈에 보이네

— '고향이 그리워' 전문

아련한 고향 생각
샘물처럼 길어 올리고
그리움의 버섯구름
어머니 얼굴로 떠오른다

있는 것 다 주어
찌그러진 젖 주머니
문풍지 황소바람
시린 가슴 움켜쥐고

계절을 접는
이별의 낙엽처럼
눈물의 자가용
혼자 타는 텅 빈 가슴

서러운 마음
어머니는 오늘도
북망산천에만
계시 온지

— '어머니 생각' 전문

위의 첫 시에서 보는 고향의 정경이 눈물겹게 잘 그려져 있다. 고향 뒷동산에 흐드러지게 핀 야생화 할미꽃을 비롯하여 마을 앞에 흐르는 도랑물, 전설의 쌍바위, 제철에 우는 고향의 새소리 (두견새, 뜸부기)가 정겨운 그림으로 그려져 있다.

그 다음 어머니 사랑을 못 잊어한 사모곡이 큰 감동을 주고 있다. 〈아련한 고향 생각 / 샘물처럼 길어 올리고 / 그리움의 버섯 구름 / 어머니 얼굴로 떠오른다 // 있는 것 다 주어 / 찌그러진 젖 주머니 / 문풍지 황소바람 / 시린 가슴 움켜쥐고〉 등에서 어머니의 사랑을 크게 느낄 수 있다.

특히 어머니의 사랑을 노래한 시로는 이 이외에도 〈어머니〉 〈그리운 어머니〉가 있는데 모두가 떠나보낸 어머니에 대한 정한의 시다.

이러한 시들을 고려해 볼 때 그의 대부분의 시는 생활을 바탕으로 하여 마음속에서 꽃피운 시들이다. 결코 어떤 유행사조에 따른 것이나 자기의 푸념이나 사회에 대한 저항으로 쓴 것이 아님이 분명히 드러났다. 그의 시는 끝까지 마음 바탕에서 이는 순수함을 진실하게 노래했다고 볼 수 있다.

3. 풍성한 시상과 변이, 표현법

모든 예술의 기본도 그러하지만 무엇을 노래하느냐(주제)가 중요하다. 머릿속에 그려지는 그 윤곽에 따라 시의 테두리가 정해진다. 시작에 있어서도 먼저 시상(詩想)을 희미하게나마 세워야 한다. 그렇게 볼 때 시상은 시 창작의 기본적인 틀이라 할 수 있다.

이러한 시상도 있는 그대로 평범하게 그려져서는 큰 감동을 주지 못한다. 이것은 집을 짓는데 있어서 먼저 머릿속에서 그려보는 생각과 같은 것이다. 즉, 정신적으로 그려보는 가상의 집과 같다고 할까.

민병재 시인의 많은 작품에서 특이한 시상을 많이 볼 수 있는데 그것을 몇 작품에서 쉽게 발견할 수 있다.

- '소나기'에서 — 〈우르릉 쾅쾅 딱 / 소나기가 내린다 / 뇌물 먹은 자들, 탈세자들 / 혼내주려고 소리치나보다〉
- '봄마중'에서 — 〈진달래도 반란을 일으키고 / 봄의 지신 밟으며 / 아기 젖꼭지처럼 붉어졌다〉
- '봄의 설레임'에서 — 〈봄을 맞기 위해 / 시나브로 떨어지는 / 고드름의 눈물〉
- '팔월에 핀 옥잠화'에서 — 〈무더운 팔월 / 하얀 옥잠화 / 산고 끝에 자손들 데리고 / 다시 꽃피웠다〉
- '하얀 수국'에서 — 〈누구의 주검을 슬퍼하기에 / 하얀 소복 입었을까 / 한 여름 구름이 나직하고 / 머리꼭지가 하얗다〉

위의 예에서도 볼 수 있듯이 보통 생각할 수 없는 기발한 착상을 보여주는데 그의 뛰어난 기지가 있다. 따라서 그 기발한 착상을 효과적으로 표현하기 위한 표현술도 뛰어나 있다. 그의 힘들인 작품 곳곳에 간접표현술 메타포어가 빛을 올리고 있다.

- 〈퍼진 햇살 아래 / 빵끗빵끗 / 노오란 웃음 가득하다 — '호박넝쿨'에서〉

- 〈연초록 옷고름 매만지며 / 명주바람 햇살에 / 돗나물도 파릇파릇 ― '봄이 오는 소리'에서〉
- 〈아지랑이 나풀나풀 / 춤추며 다가오네 ― '봄소식'에서〉
- 〈초야 치룬 새색시인가 / 발그레 얼굴 붉히네 ― '게발선인장'에서〉
- 〈고양이 발톱 짓밟고 가도 / 히아신스꽃 / 몽올몽올 고개 들고 ― '봄봄봄'에서〉
- 〈창밖에 하이얀 새색시 / 소리 없이 내려 ― '목련나무'에서〉
- 〈나의 시비는 / 해맑은 아침햇살 / 뽀얀 얼굴 내밀고 / 웃고 있었다 ― '시비 세운 날'에서〉
- 〈못생긴 얼굴 지워달라고 / 너에게 애원해도 / 생긴 대로 살라고 / 멈추지 않고 들여다보는 너 ― '거울'에서〉
- 〈속울음 울며 / 더디게 오는 봄 / 기다리는 / 너의 모습 처연하구나 ― '나목'에서〉

주로 간접 표현으로 수사법에서 보는 〈의인법〉〈활유법〉 ― 등이 주종을 이루고 있다.

이상으로 그의 시 전모를 살펴볼 때 그의 남다른 시법과 시정신을 명료하게 찾을 수 있었다.

그의 오랜 시 수련에서 얻은 큰 결과라 할 수 있다. 앞으로 더 큰 시세계를 고대한다.

하얀수국

초판인쇄 2016년 8월 25일 **초판발행** 2016년 8월 30일

지은이　**민병재**
펴낸이　**장현경**　펴낸곳　**엘리트출판사**
등록일　**2013년 2월 22일 제2013-10호**

서울특별시 광진구 긴고랑로15길 11 (중곡동)
전화　02-456-7925
E-mail : wedgus@hanmail.net

정가　10,000원

ISBN　979-11-87573-01-2 03810